猫系愛情

莎比亞

貓自我感覺良好，

我們愛貓，也要學貓。

序

貓很懂得讓自己幸福

貓應該不知道自己可愛，只是當有人讚賞牠、摸摸牠，牠會感受到那人的善意，可是貓不會因此把所有愛都給你，牠還是會以自己為中心，不取決於別人的評價，悠哉地生活。

貓會討愛，牠也需要愛，就如人類一樣，但貓只會跟那些愛牠的人討愛，牠知道誰會餵食、誰會摸下巴、誰會拍屁屁。那些無關痛癢的人，牠視之透明，一眼都不會看。

可是人類卻樂於跟那些不愛自己的人求愛，明明那人對你很差，以不同的方式去傷害你，你還期望在他身上求得一份關注。明知不可愛而愛之，最終得到的只有痛苦。

貓的愛如此寶貴，在於不會自貶身價，不乞求憐愛。

牠不會太熱情，只需要感受到你在身邊，在同一空間內各自生存，不太近不太遠，距離剛剛好就夠。

在愛與被愛裡，不太多不太少，保留獨自的時間及空間，才是最舒適的親密。

貓也很清楚自己喜歡甚麼，正如人類買很多玩具給牠，牠還是鍾情地上的一塊紙碎或一團紙球，可以玩一整天；無論貓屋多昂貴，牠也選擇躲在紙皮箱內，不愛就不愛，忠於自己選擇。

我們連愛是甚麼都不知道。

面對離別，貓會傷感，牠只會目送你、多望你兩眼，低吟幾聲以洩不滿，便不作挽留，靜靜看著你離家。

你留下，那就在一起，你要走，便習慣孤獨，回頭繼續伏在舒服的地方獨自吃手手。

第一喵 是貓令人類學懂愛

第二喵　唯有快樂能維繫貓生

第三喵　當貓要面對孤單

第四喵 貓不問愛與被愛的資格

第五喵　謝謝貓曾在生命與人相遇

第一喵

是貓令人類學懂愛

相遇的本質及法則

不是你把貓教得好，而是貓把你教得好。
不是你讓愛情變好，而是愛情讓你變好。

自從養貓後，我改善了生活方式。

首要是為貓建立一個舒適的生活環境。我由本來討厭做家務，但以免貓亂吃東西，變成每天都要執屋打掃；要小心地上出現牠能吞下肚子的垃圾，就算只是一條飲管包裝，後果都可以很嚴重。從此，我練成了掃瞄小東西的視力。

試過幾次帶貓去看醫生時被拒載，就下定決心考車牌，順利通過，以後一旦牠有甚麼不適，也可以即時來回診所及家。

有了車牌，出入方便了，加上努力工作一陣子，終於可以搬去面積較大但較遠的家，讓貓有更多活動空間，不用再迫於蝸居。牠不用跑幾下就要急停收步，也可以迎接牠的弟弟，有更多的家庭成員。

養了貓，人生的樂趣圍繞著貓，多了一份愛，從此不論心裡有多孤單、遇到了甚麼挫折，有多想放棄人生的時候，都因為有貓的陪伴，有堅強下去的動力。

貓應該沒有為我改變太多，我並沒有訓練牠做任何高難度動作，反而貓的出現，讓我本來毫無價值、平平無奇的人生，有著無法一一數清的改變，貓接受我成為牠的主人，然後把我教導成更好的人。

從前會覺得，兩個人的相遇，透過大家的努力及付出，會令愛情變得美好，最終就會幸福。

但其實，愛情本身就應該是一件幸福的事，並不是兩人為了愛情所以去做些這樣那樣，而是對的人出現了，就如人遇上了貓，點綴雙方的人生。

我們不過是為愛情提供庇蔭，讓愛情慢慢成長，再為我們帶來幸福。

不是你們讓愛情變好，而是愛情讓你們變好，這應是相遇的本質及法則。

貓為甚麼會抑鬱

**憂鬱的人與貓，都只需要別人在身邊默默待著，
撫摸頭及下巴，玩玩逗貓棒，烏雲就會消失。**

🐾

每當聽説貓會抑鬱，我就覺得不可思議。

明明貓不用上班就有人寵愛，肚餓了有人獻上罐頭零食，喜歡睡就睡、跑就跑、咬人就咬人。自由自在，有人照顧，胖了又不會被嫌棄。

當貓憂鬱地躲在幽暗的角落，露出一個可憐的眼神，人就會撫摸貓的頭：「哎呀 …… 你為甚麼會抑鬱？」

貓不會回答人，而人會繼續哄貓。後來我也不再問為甚麼，世上大部份為甚麼都沒有答案。

難以理解為甚麼幸福的貓都會失落，因為情緒本來就不是一件以理性角度來解釋的事。不快樂就不快樂，不需要精密的邏輯，也不用有個能夠說服任何人的原因。抑鬱是貓、是人，也是世上所有生物的權利，但裝作堅強不是你的義務。

問貓為甚麼會抑鬱沒有意義，正如當身邊的人跟你訴苦，你一直高高在上理性分析提供意見，他只會覺得不被理解，繼續封閉內心，躲在孤獨的心境裡。

我從來不跟別人尋求安慰，避免別人問發生甚麼事、問為甚麼。即使出於關心與善意，Q&A 的解釋始終是一場心靈上的角力。你講得不夠苦，別人會鬥慘，把你比下去；你講得太苦，別人不知道怎麼安慰，氣氛一片尷尬死寂。

開口的意願，不關乎友好程度。不存在「我是你的好朋友，為甚麼不告訴我」，反而愈友好愈不用說話都會懂。靜靜的陪伴，直至對方想說你便聆聽。

憂鬱的我像貓，不必別人的理解，知道有人在就夠，哪怕只是通訊錄上的一個名字、一則曾經關心過自己的舊訊息，或是一段甜美的回憶。

孤獨地憂鬱其實也不錯，

難過的不是你而是黑夜，

天亮就會好。

愛吸貓的人類

人喜歡吸貓，除了聞那陣奶香味，
還要吸收那份自愛。

應該沒有人數過貓每天會洗多少次臉。每次望著貓，十次總有八點五次在舔手舔身，有時見貓舔得津津有味，不禁摸著貓問：「有這麼好味道嗎？」隨即埋頭吸過不停。

貓被摸被吸後，完全不給面子，立即就要舔乾淨，真想一臉無辜地跟貓解釋，我才沒那麼髒⋯⋯

其實，正因為貓那麼愛舔自己的身體，讓人感到貓是乾淨的，我們才那麼安心吸貓。

貓那種不讓人沾污的固執，那重視潔淨為一切的堅持，如果人學懂了，就像為愛情穿上一件白色的保護衣，無時無刻都重視自己，不容許自己被踐踏，讓生活每件大小事、作息、飲食，都成為生命中的小確幸。

當別人目睹你的白、你的幸福、你的自我，自然對你不敢怠慢，也不敢輕言說愛，因為愛從來都是一件有重量的事。

不一定只有受盡寵愛的家貓才感幸福，縱使你曾經滿身泥濘，傷痕累累，每一隻流浪貓依然帶著自愛的堅持，在街頭巷尾也要舔身，繼續努力地生存。當你重視自己，別人才會重視你。

保持愛情的白，哪怕只是一個小污點，愈懶清潔，黑點累積愈多，直到某天怎麼維繫都已回不去了。

像貓一樣自帶香氣，

成為自帶幸福的人，

讓身邊的人隨時隨地，

被你散發的自愛感染，

擁著你的時候，

只會珍而重之，

不捨得放開。

你不會對自己的貓變心

貓總是被專一地寵愛著，
人卻沒那麼幸運。

我從來沒聽過有人會內疚地對貓傾訴：「對不起…… 我變心了。」（遺棄是另一回事）

即使在街上遇見可愛的貓，在社交平台看到有趣的貓影片，又或朋友養了一隻更漂亮的貓，你都深愛著自己的貓，其他都是「別人的貓」。

無論貓長成甚麼樣子，人都可以找到正面的形容詞，發現可愛的一面，吸引著你的目光。即使全世界最醜的貓，都不會被人討厭。

其實我也不清楚對貓的審美觀是怎樣，因為只養過幾隻唐貓，

所以不公平地覺得唐貓是最可愛的品種。不過幾隻唐貓之中，有一隻黑白貓，樣子比其他兩隻較不討好，可是不影響我對牠的愛，沒有一秒嫌棄過牠，反而愈來愈覺得牠「都幾得意吖」。

人類就沒那麼幸運吧，被別人、被另一半、被自己評頭品足得近乎疲累。幾多人過著容貌焦慮的生活，又有幾多人因為更漂亮更帥氣的人出現，而被取代。

被嫌醜、被嫌胖，然後被分手。

其實，在被嫌棄以前，每個人都感受過這種缺點都看成優點的情人視角。愛你的人總會見到你的好。他真的曾經專一愛過你，不過專一都有時限而已。

分手時在對方心中有多差劣，説穿了，只因為不愛了，理性分析都顯得多餘。雖然情人沒貓那麼可愛，那麼深得你歡心，不過至少你也愛過，也可以像那些對貓沒感覺的人一樣 —— 即使不愛也不要傷害。

至於仍被深愛著的人，不如愛得更放膽，既然戴著頭上的情人光環，就不必再理會別人的目光，製造更多難忘的回憶。

我們深知人的愛沒貓那麼幸運，就大大方方承認愛與不愛，回到初心，是起點也是終點。

錢買不到貓的快樂

A：「跟我在一起沒甚麼好處。」
B：「但我就是喜歡這樣的你。」

先不論A與B的後續情節會否幸福，這種戲碼的確常在現實上演。

養貓時最令我心傷的時刻，莫過於買了一大堆貓玩具，砌好了猶如貓樂園的城堡，貓卻完全不感興趣，然後不小心把紙碎弄在地上，貓卻如獲至寶，用小手推著紙碎，一直追逐⋯⋯其他貓還會一起競賽⋯⋯

天呀，我花了一大筆錢為你獻上快樂，你卻鍾情這塊一元都不值的廢紙，而且還玩得樂透，多年來從不厭倦⋯⋯到底為甚麼⋯⋯

我不用貓愛狩獵的天性來解釋，原因其實不重要，現實裡貓就只

愛紙團。我仍是會買貓玩具，我再買玩具時不再抱有期望，當貓玩厭了新玩具，我便改為拋下紙球為牠解悶罷了。

貓的世界簡單，快樂所以簡單。牠們沒有價值的概念，不知道原來玩具比紙團貴，如果貓是人，知道了紙團原來是垃圾，可能才會嫌棄。

在愛情裡，我便是紙團的那群人，總是自卑，我沒有原因值得被愛。諷刺地，又有另一群是貴價貓玩具，明明條件很好，卻又找不到愛人。

原來貓跟紙團是天作之合，快樂是隨心所欲，希望更多把自己定義為小紙團的人，不再輕看自己，勇敢去愛與被愛，明白在愛情裡沒有高低，也沒有太多為甚麼，某人就是沒原因地喜歡著你。

時遠時近的貓の距離

兩個人只擁有愛情，卻在消耗生命的熱情，
相處最終變得枯燥乏味。

跟貓待在一起很舒服。

對於喜歡獨處，偶爾又想被陪伴的我，貓時近時遠的距離讓我安心地活著。

説成活著，並不誇張。對於不善交際的人，每次穿梭於人群中，都消耗頗大的心力，幾乎一整天都再無法做其他事情，只能夠躺著休息。

一邊在家工作，一邊看著伏在梳化上的貓，牠在看風景、在沉思、在睡覺、在回望你有沒有偷望牠，彷彿牠也享受著這種待

在同一空間，卻保持距離，互不打擾的陪伴。

偶爾累了，想為心靈充電，便過去摸牠。如果牠心情好，樂於反應，喵一聲反轉肚子，便繼續摸，抱一抱，然後再各自生活。假如牠累了，只望我一眼，摸摸牠下巴，跟牠眨眨眼就好了。

大概，貓偶爾也寂寞，所以突然走過來，喵喵幾聲叫人關注，假如不理牠，便跳上鍵盤，擋在螢幕前。我想起每次看球賽時，貓都會擋著螢幕，好像嫉妒電視機偷走了屬於牠的關心。

跟情人在一起，不應就是這樣嗎。

年輕時我以為幸福是無時無刻都黏在一起，但原來失去自己，對方亦很容易對你失去興趣。

正因為擁有了對方，就該善用那份無形的支持及鼓勵，安心地活得更好，留有適當的空間，發展自己的事業及興趣，互相分享。

貓の距離，亦是兩顆心應保持的距離。

生活上有成功感，愛情才走得更遠。

貓の信任

無論有多善良的人或貓，只要被傷害過，都要花很長時間重新建立信任 —— 對自己、對別人及對世界的信任。

我遇見過戒心好重的貓。

先講我自己養的，那隻在垃圾房被撿回來的黑白貓。花了好長時間才聽見牠咕嚕，牠一直都不喜歡被摸被抱，誰想伸手觸碰牠只有被咬的下場。我只能在牠專心吃東西時，才有機會摸到牠的頭。

後來，沒養貓卻又想念貓時，我去了一些照顧流浪貓或棄養貓的機構幫忙。第一次接觸家貓以外的貓，才知道原來貓可以那麼兇，以往被咬的力度根本不算甚麼。

有些待了幾年都無人領養的貓，雖然有人靠近時仍會「哈氣」，但只

是裝出來，下一秒就擺出可愛的表情，然後再下次見牠，同樣先哈氣後可愛。對牠來說，不論甚麼情況下都要先保護自已。到底有多不信任人，內心受過怎樣的傷，才會令這條小生命對周遭的環境那麼有戒心？

「你還信任愛情嗎？」

受過情傷的人常常被問到的一句。

其實這條問題很吊詭，我好想認真答一次。

那些傷害人的人，他們親手製造過愛情的殘酷，親身體會過人性的險惡，卻依然相信自己擁有幸福，愛情很美好，活得快快樂樂。

那麼，受傷的人一直堅持自己價值觀，從來沒有違背良心，為甚麼要對世界失望呢？他們才應該漂漂亮亮活下去！錯不在你，一直相信就請繼續相信。你的世界雖曾被劃破，但經修復後，重新站起來，眼前依然會是你理想的地方，因為變質的並不是你。

就像被傷害過的貓，你也希望牠們健康快樂生活。或許你會像貓一樣先「哈氣」，也需要一段漫長的過渡期，漸漸會重新相信自己、別人及世界。

那是一個悲慘得可一不可再的過程。

貓の自信

貓的世界那麼簡單又幸福，因為貓之間不會存在比較。

意思不是牠們不會搶別人的玩具或零食，而是貓不會看見其他貓，然後想：「牠長得比我可愛」、「哇，為甚麼牠那麼白而我這麼橘」、「牠住在豪宅真好」、「牠主人好有錢」…… 等等。

除了本能的競爭及生存之必要，貓界應該是公平的。我不曾見過貓見到零食，會因為覺得自己太醜而不敢上前享用。沒有居所的流浪貓，並不為自己的身世自暴自棄，依然大模大樣跳上別人的車頂，躺在路上任人呵護，自己仍是生命的主角。

我想活得像貓，因為我正是那些天生的自卑者。

我常常問身邊的人：「有沒有一些人生的失敗者，活得很快樂？」在某些方面，我已經無法憑著努力改變，只能學習接受，而為甚麼比我還要差的人，卻比我生活得好呢？我想不通。

比我好、比我差的人都活得比我快樂，因為我只有被討厭的勇氣卻欠缺被愛的勇氣。無論是愛、是關心、是注視，還是接納，我全都不相信是真，最終都會消失。

正因為貓不介意自己的缺點，所以縱使世界有多醜陋，貓都能安然活著。無論甚麼狀態，都要俯瞰所有人，但你又不會對貓的高傲反感，只會覺得貓在捍衛自己的尊嚴及價值。

人拼命地跟別人比較，放大自己的缺點，過著卑微的生活。

後來我發現，活得有自信的人都很少去比較，只專注自己的步伐追求更遠的目標。

貓の柔軟

貓令我愛上了雲淡風輕。

聽說貓可以擠成不同形狀，除了在網上看過條狀的貓，亦親眼見過自己的貓擠進小鞋盒、小紙袋，還有梳化底下……

每次我看輕牠們說：「算吧，你已經那麼胖了，怎麼會擠得進呢？」結果牠們叫我閉嘴，我只能不服氣地答：「哼，隨你吧，明明有整間屋給你，你只要一個小紙箱。」

貓這種把自己塞進不同容器的態度，在適者生存的社會上應該很受歡迎，磨平討人厭的菱角，別人想你怎樣做就怎樣做。

但想深一層，貓不是在迎合世界，而是以自己的方式突破環境的

限制。別人覺得不對或不可能的事，貓以自身的柔軟度做到了。懶理別人的不理解，相信自己的能力。

貓叫外人不要再問躲進紙袋裡會有甚麼好處，牠答，我舒服就好，在我眼裡人都勉強做著很多自己不喜歡的事呀，人類不是更柔軟嗎？

所以，貓其實與世無爭，一舉一動都不是為了引起注目，最好你找不到我，讓我躲避吵鬧過日子。只有在我想跟人接觸時，才走出來，伸伸懶腰，打著呵欠問你有甚麼事。

貓也有不自量力的時候，但當貓失敗了，你不會覺得牠認輸，牠只會若無其事走開，反而是你大驚小怪。

人大了的好處是，找到最適合自己的待人接物方式，頻率不對就不勉強。當你錯過了誰，誰也錯過了你，大家都不過不失，若無其事就最好。

世界那麼大又怎樣，我只需要個合適的小紙箱。

一見鍾貓

有沒有想過，你為甚麼會喜歡自己的貓？

起初，我沒想過人生裡會養貓，直至某天，貓被領養到我家裡。

雖然啡色的英短貓很可愛，但坦白說，如果牠是橘貓、黑貓、三色貓，我都會喜歡牠，並沒有特別喜好，只因牠是牠。我亦不知道牠的性格，在那一群被領養的兄弟姐妹裡，牠是最後一隻沒人選的，那我就選了。

第一眼見到牠，我就認定牠了，在心裡跟自己說：「喔～我的人生竟然擁有一隻貓！」

後來再養的黑白貓，三色貓亦是命中注定地出現了，就佔據了我

的心，成為我人生的一部分。

即使牠們做出令我討厭的事，我卻只會用溫柔的聲線罵牠們。

在我最忙碌時貓打翻了糧食，散落一地，我也不會責怪牠們，而是埋怨世界為甚麼令我這樣疲憊。

在養貓之前，我未曾察覺自己是個愛貓之人。

貓的出現，會不會印證了日久生情的可能性？即使起初不太愛某個人，卻因為他總在身邊而漸漸愛上了。反而，本以為喜歡的，愈了解愈發現不是自己想要的。

你會希望自己是被愛上的貓嗎？還是愛貓的主人？

在愛與被愛之間，我情願自己是愛人的那一方，因為我無法保證自己能像貓一樣被無條件接納。我討厭被嫌棄的感覺。

當你生命中出現了想愛的人，

你會設法讓自己變得更好，

能夠一往情深只愛一人也是種福氣呢。

沒有貓會騙貓

貓不輕易信人，人卻容易錯信。

我沒聽過貓會欺騙貓，是因為人類太有智慧，所以才懂得欺詐？

「信任可以修補嗎？」這條也是愛情的熱門問題。

無論問的人是騙人還是被騙的一方，他們想聽到的答案都是「可以」。

但即使人選擇再相信，心裡始終會有無法避免的陰影。

我想起小時候曾經有一次食物敏感。

當年在中學午膳，在附近一間叫「金百利」的餐廳叫了一碟蝦仁炒飯，我用右手撿了跌在枱上的幾隻蝦仁，吃完在回校途中，皮膚開始敏感了，整張臉腫起來，老師立即帶我到急症室，經診斷後很大可能對蝦敏感。

以前一直相安無事，後來我也會吃蝦，那次敏感其實是唯一一次。

但過了二十多年的今天，除了當時的經過存於腦海，我每一次吃蝦後都擔心會否敏感，總覺得臉癢癢，不停照鏡子，平安到翌日才終於放心。

即使只是敏感過一次，就令我擔心一輩子了。

想起來，貓好像也會騙貓。

當我家的啡貓舒服地躺在梳化上，黑白貓會先跳到牠身旁，然後舔啡貓的頭毛。我以為黑白貓在示好，但牠兩秒後就動手打走啡貓，搶走了牠的位置……

信任破壞了，就算以後真的再沒事發生，

心裡的刺都會令人一輩子都起疑。

信任的脆弱之處，同樣是珍貴之處。

第二喵

唯有快樂能維繫貓生

主子與奴才

主僕關係在貓與人的世界固然有趣，但套在情人身上，則關於「權力」與「佔有」，會引發出一連串問題。

貓與人的關係撲朔迷離，人把貓稱為主子，而自己是奴才。

雖然不知道是誰第一個發明這種對掉的主僕關係，並流傳至今，但確實在人的心裡營造了一種人要為貓效命的感覺。

貓也有佔有慾，所以才會磨蹭人的腳留下氣味，證明你是我的，但除了基本需要，貓不會再要求你做甚麼。貓有勸你為了有能力多買罐頭而學習投資，買少一點東西換一層大房子嗎？

那麼愛情在甚麼時候開始出現問題呢？

剛相識，不會；第一次約會，不會；曖昧期，也不會。

而是在證明了「你是我的」那一刻，就開始吵架。

準確來說，有了名份便會吵架。

一旦情人間確立了身份，佔有了對方，腦海就浮現那些自私的想法，而且覺得自己是位重要的人，在你的生命擁有了權力，有資格提出要求，開始會問：「你能不能這樣那樣……」

浪漫背後存在着功利。

人與人之間確立開係，並不是新的稱號較動聽，而是要雙方承擔該身份所附帶的責任。當其中一方覺得，你要「愛」我，但怎麼愛，則由我去決定，不經不覺，兩人建立的就是主僕關係。

即使「僕」的一方甘心付出，接受對方的要求，不過是一個被拋出去的球，對方撿不撿回，話事權在「主」的身上，為長遠的感情問題埋下伏線。

來來回回的乒乓球賽才有趣，每次對方一開球就勝出，十一比零，有甚麼好看。

「所以……我們不該向情人提出任何要求嗎？」

「提出」不是「吩咐」；「要求」也不是「命令」。

就算確立了名份，都不過是一個身邊人，一句分手就可以結束，一紙婚書也有另一紙離婚申請書，沒有解除不了的關係。再多的佔有，再大的權力，我們都無法真正擁有對方。

唯有快樂能維繫身份，是「你屬於我」的驗證碼。

失去了快樂，最終都會失去對方。即使在順境、富有、健康的時候……努力達到某些所謂目標，做到了，但不快樂了，也就離開了。

所以，有很多人寧願不戀愛、寧願曖昧、寧願不存在名份地相愛，因為只想純粹感受戀愛的快樂。

貓最懂避開苦

那段早已千瘡百孔的愛情，人卻捨不得忍痛分開；
那個離開你人生的舊情人，你卻每晚回憶掛念。

餵過貓吃藥的人，就明白那是一場多麼煎熬、多麼鬥智鬥力的比賽。

首先，貓聰明得會察覺你想餵藥⋯⋯明明只是像日常般走進廚房或打開袋子，貓已經憑著莫名的洞悉力，察覺到人的心意，逃之夭夭，鑽到最難找到的深處。

費一輪勁，把貓找回來，安放於大腿上，溫柔地張開貓的口，只要失手一次，那粒藥表面便會溶掉，下次餵藥就更加難。若奇蹟地順利餵藥，高興地稱讚貓，放開貓，過了幾秒，貓把藥吐出來，剛剛只是裝作吞掉。

換個新方法吧。愚蠢的人類都一定試過把藥混在罐頭或肉泥中，以為能夠騙過貓的味蕾。但貓賞面地走到加料後的食物前，嗅兩嗅後，善良的只會聰明地走開，心腸壞的會怒視你一眼，再把食物當大便一樣埋掉。

你擔憂地跟貓說：「不要這樣 …… 吃藥是為你好，吃藥才會病好。」再次把藥放進貓的口，可是已緊緊閉上，你在貓的鼻子上吹氣，貓最終把藥吞下 …… 感動得想哭。

貓最懂避開苦痛，人卻一次又一次自願傷心。我們總讓自己身陷險境，為那些不值得你付出的人傾盡所有，再埋怨世界的殘酷。

是貓太聰明，還是人太笨？貓被迫吃藥，身體會變健康，但人承受愈多的傷，心結果只會愈痛。

又或者，真正疼錫你的人，會像餵藥的人般鍥而不捨，把愛傳到你的心裡。

難得有人待你這麼好，但到最後，你又可能會把那份溫柔吐出來，寧願再一次受傷 ……

貓喜歡平靜地獨處

我們迫於無奈營營役役工作，迫著放棄多少興趣與夢想，
每天都跟快樂的自己捉迷藏，就像你總是猜不到，
貓喜歡待在甚麼地方。

我不明白貓為甚麼要鑽進衣櫃，被一堆衣服淹沒；即使整間屋都屬於牠，牠卻窩在紙箱才安穩。在我曾經待過的某間屋，其中一間房的角落，牆壁都因為啡貓每天靠著，被染成了啡色。

我像玩捉迷藏一樣，每天都在各處尋找貓的身影，對貓而言，牠們需要平靜地獨處，那些狹小的空間就是牠們的小天地。

人也為著擁有屬於自己小天地拼命，忘記了世界有多遼闊，我不是指環遊世界探索，而是生命的廣度 —— 我們到底可以用甚麼方式生活。

對某些人而言，生存意義只在賺錢，買樓然後供樓，好運的話過了半生便能安穩，但那段拼了命的半生，卻是最青春的時刻。

不好運的話，除了意料以外的財困，還有接踵以來的病痛，然後回望發現，我們享受的時間實在太少。

在愛情裡，有樓沒樓，有錢沒錢，那是在很多人眼裡的幸福指標。

當年的小情人，還可以在蝸居裡享受二人世界，吃個快餐，看著對方就夠。然後隨年漸長，小情侶明白確保不了生活的安穩，幾多的小確幸都沒有用。可是，直到有錢有樓了，竟然又發現情已不再。

我們藏身的小紙箱，到底是安穩的居處，還是被困於狹小的空間？或許小紙箱以外，我們都需要一個衣櫃，鑽進裡頭，甚麼都看不見，甚麼都不用想，遠離苦惱，平靜地待著，讓我們躲起來。

我的小衣櫃是電影、劇集、小說、文字、獨處。你的是煙，是酒，是派對，是旅行，是食物，是攝影、運動、畫畫，還是……都不緊要了，數了這些多，原來還未到工作與金錢。

像貓一樣的靈魂伴侶

好朋友會聊過不停，靈魂伴侶則不言而喻。

有些聊過不停的情侶，別人看上去猶如好朋友般相處，一定很幸福吧。但對於本來説話就不多的人，例如我，以這個評分標準來衡量會否不公平？

情人的近義詞有愛人、伴侶、情侶、另一半 …… 多得難以區分當中細微的差別，而最多人希望枕邊人是朋友，也是靈魂伴侶，在交友程式上時不時看到擇偶要求是「有趣的靈魂」。

原來，情人要身兼多職，除了要上班賺錢、煮飯打掃做家務，還要有聊天功能，靈魂亦要有趣，個性別太沉悶，興趣廣泛、知識淵博、溫柔體貼、出口成文、心地善良、浪漫滿屋、情意濃濃，樣

子好看是其次不過都重要……

能夠集齊眾多條件於一身的，世上到底有多少人？可是人總追求自己尚未擁有的東西，有個細心照顧你生活的人，你嫌胸不夠大腿不算長；有個事業有成，有車有樓，你嫌頭髮太稀疏。真的出現一個集齊所有優點於一身的人，你發現性格不合，相處起來不舒服……

愛情從來都講條件，但不過是能力值的點數分配，如果把外在因素，例如時間，都計算在內，你就會明白，人類對愛情的掌控權其實很少。即使世上所有貓都可愛，你能寵愛的數量都有限。為甚麼我在這一刻會摸著這隻貓？難道牠就是有趣的靈魂嗎？

剛巧會遇上，剛巧要離開，有些人剛好一輩子，有些人剛好要遺忘。

我心目中的靈魂伴侶，

是即使世界只有黑白色，

回到家以後，打開門見到她，

她就像貓一樣待在梳化上，

坐在她的旁邊，抱著了她，

甚麼都不用說，那些只有我倆的時刻，

就是彩色的日子。

貓の好奇心

如果貓是情人，牠一定會每天檢查伴侶的手機，
甚至跟蹤情人，無時無刻都監察對方的一舉一動。

貓再不是可愛地喵喵叫，而是大聲呼喝：「給我手機，不然就分手！」

這不是關於信任，而是好奇心。

有種人天生沒安全感，他們就對另一半的生活好奇，總害怕某天會發現甚麼心碎的秘密，也擔心一直聽到的情話原是謊話。

而又剛巧有另一類人，明明清白之身，從來不瞞不騙，隨便給對方檢查手機一整晚都不會有嫌疑，可是就不喜歡劏開肚皮，甚麼都給對方知道。

A：「我是你的情人，當然有權知道一切。」
B：「情人都有保留私隱的權利。」

我曾經是 A 也曾經是 B，所以我明白處於這場矛盾中，只有其中一方讓步才可暫時解決。身為旁觀者的時候，一直在想，會不會有兩全其美的方法呢？

其實，一開始可能誤會了貓，貓天生好奇，但同時有著敏鋭的觀察力。假如貓是個好情人，牠應該每天都細心觀察另一半的需要及心情才對。因為好奇，所以有耐心又不厭倦地了解。

時間久了，單憑一個眼神就分辨到對方還愛不愛你。

檢查手機這回事，其實次序錯了。

你所找的只是證據，而在證據出現之前，你早已察覺到異樣。你該鍛鍊的應該是對另一半的觀察力及了解，至少在 A 或 B 的角度來説，都是一種對愛情百利而無一害的能力。

貓每天都會磨抓

如果你問我，在愛情裡有沒有甚麼遺憾，
我會答愛得太輕，愛得不夠力。

當我睡覺時，貓會跟我一起在睡房，然後翌日一打開門，貓第一件衝去做的事就是去抓板磨抓。貓總是隨意抓幾下，回身望我，便喵幾聲走開，像在告訴我：「看！我做運動了，別說我懶惰。」

其實，應該要佩服貓，至少牠真的每天都會做，成為了習慣，只可惜愛情最怕被說成習慣。每天早起或每晚睡前的擁吻，那份激情可能比不上你在酒吧，跟一個陌生人激吻。雙唇緊貼，身體的依偎，心跳加速。

就正如我每朝看著貓磨抓，我都不禁對牠說：「真的夠嗎……可否用力一點？」

以前我會覺得平淡是幸福，冠冕堂皇地成為了懶惰的藉口。細水長流需要一輩子時間，那只能是當你們白頭到老了，一個回望的過程，淡然地看著過去説，哦，原來經歷這麼多了。

更大可能，細水還未長流時，已經乾旱了，尤其當你覺得愛情成為了習慣，那是旱災的先兆。

當離婚率高企，我們不得不承認維繫感情的難度；再也不能埋怨，平日工作那麼累，還怎麼花心思搞甚麼浪漫？不如多睡一會吧，結果你的另一半就跟其他人睡了。

貓輕力磨抓不緊要，因為牠在家裡再不用狩獵，但情人們還有幾十年活在凶險的世界，以前會説珍惜平淡，現在不如追求激情，仍在一起的時候，真的愛得用力一點也無妨。做多好過做少。

誰説愛情到了某個時刻就再不用付出？

貓の不上進心

忙碌了一天，看到貓彷彿比我更累地在打呵欠，
真想叫牠上進一點。

「貓，你知道嗎，世界上有幾多動物要努力工作才有三餐溫飽，你已經好幸福了，每日只是睡跟吃，都已經罐來張口了，卻不懂 Hand Hand 伸手，我真的要考慮把你投入勞動市場。你真的太懶了，每日到底做過甚麼有意義的事？你知道我為了你有多辛苦嗎？你上進一點可不可以？回答我呀！回答我……」

「走開啦！別妨礙我睡覺。」貓叫了一聲，走到另一處繼續躺平……

以上對答是真實存在，有些情侶好像都討論過……

曾經有段時間，「上進心」一詞經常出現在兩性關係的爭執裡，為了將來的幸福，必須成為工作的奴隸。

以致男人在工餘時間稍為放鬆一下，例如打遊戲機或砌模型已經被批評不夠上進，更不用說那些月入有機會歸零的追夢工種。最好下班以後，進修增值，投資有道，財務自主才叫上進。

世俗的定義，上進心便是賺錢多與少，難道一個舞蹈員一天排十小時舞都不夠上進嗎？無錢就萬萬不能⋯⋯明白的，明白的。

選擇單身，只為自己負責，無伴一身輕，上進還是「下進」都不緊要了，對得住自己就可以。但為甚麼兩個人走在一起，馬上就有經濟負擔呢？各自照顧好自己，再好好戀愛，不可以嗎？

這個世界太多主流的價值觀，誰不想有錢呢，有些人卻只想以自己方式好好生活。世界上會不會有人生存的意義是以聽了幾多首歌，去了多少場不看會後悔的演唱會來計算呢？十個有錢人中，應該有九個都後悔年輕時只沉迷工作，另外還有一個即將病死。

唉，只有貓才可以每天過得不上進。最緊要你身體健康，我明白你做貓壓力大，主人會努力工作，好好照顧你⋯⋯

「你上進一點吧！」貓說。

誰說貓冷漠？

貓比人更懂愛。

其實貓經常表達愛意。

曾經有段時間，當我了解到 love languages 的概念，沉思了好一段時間，到底怎樣愛人，而自己又想得到哪種愛。是讚賞？是身體接觸？是禮物？是精心計劃的時刻？還是服務的行動？

最不需要的是禮物吧，我本來對物質的需求就不大，生日都不願別人破費。而自卑的人聽到讚賞，其實會在心裡否定；在家以外的地方，我不太喜歡身體接觸；服務的行動更加不用了，對方又不是工人 …… 哎，原來被愛都那麼難。

最貼近應該是精心計劃的時刻，我享受兩個人的相處時間，即使只是下班後一起去超級市場購物，我都覺得窩心。

我養過的其中一隻貓，黑白色的，牠是在垃圾房被發現，剛領養牠的時候只有數個月大，滿臉污漬，耳朵還有條蟲，但不用擔心，後來愈來愈肥，樣子也有可愛的一面。

但不知道是否被遺棄或跟母貓走失的緣故，我一直沒聽過牠叫或咕嚕，曾懷疑過牠是否啞貓⋯⋯但過了大約一年，才第一次聽到牠叫，不過並非一般喵叫聲，而是：「嗚、嗚、嗚。」

後來終於聽到微弱的咕嚕，我感動得想哭，彷彿得到牠的認同。

明明貓那麼冷漠，但人依然愛貓，因為我們知道貓心底裡愛著我們。貓每天總會磨蹭你，總是叫你，總會故意走近你，全是愛的表現，反觀人類，我們每天又會跟另一半表達多少愛意呢。

我怕說太多愛會虛假，沒有浪漫的頭腦只好默默付出，換來一句：「大家都值得更好，希望真正欣賞你的人會出現。」

是 love languages 不配，是逛超市太無聊，還是愛得太內斂？Who cares！難道你會跟貓說，抱歉，我的 love languages 不是磨蹭，請貓貓你學懂製造精心時刻才來愛我吧。

無法捱罵的貓

罵人，誰都懂；反駁，誰都會。
以爭吵來解決問題，戀人跟路人又有甚麼分別？

讀到一本養貓指南，上面寫著當貓做錯事，千萬不能責罵牠，因為貓不理解你為甚麼討厭牠，反而覺得你脾氣暴躁，破壞關係。

如果有一本愛情輔導書寫著，當另一半做錯事，千萬不能責罵他，因為他不理解你為甚麼討厭他，反而覺得你脾氣暴躁，破壞關係。

應該會立即當場被撕掉吧，所以貓與人的地位多麼不平等……

那本養貓指南繼續解釋，如果要令貓改善行為，要正面地鼓勵，假如你討厭牠走到廚房，那就用零食引牠出來，再心平氣和勸導牠，終有一日牠會改善。

即是，牠做錯了，你反而要循循善誘令牠改過來。

我不敢講，這套方式可以應用在人身上，但許多單身的人不願再戀愛，除了因為心受傷了無法修補，也因為想避免愛情裡那些小劇場。不敢想像自己再瘋狂地愛一個人，承受著戀愛帶來的各種煎熬。

人愈大，愈明白爭吵那麼傷心又傷神，真佩服自己那些年能夠在街頭吵到街尾又或冷戰幾個月…… 我深信九成的吵架都沒有讓人變得更好，最終只累積了傷痕，而人又偏向只記住壞事，遺忘曾經愛得有多好。

不是說笑，大概真的要用教導貓的方式來教導戀人，就當對方是無法被責罵的人，再仔細想想，還有那些表達不滿方式。

那句「對陌生人太客氣，

對親密的人太苛刻」流傳了過百年，

誰又真正借鑑過，

學懂把最好的情緒，留給最愛的人。

第三喵

當貓要面對孤單

孤單的日與夜

因為寂寞而戀愛，最終只換來另一種寂寞。

貓通常在日間睡覺，晚上才活動。

對於作息跟貓一樣日夜顛倒的我，貓陪我渡過不少孤單的日與夜。

同樣容易憂鬱的貓，或許看穿了黑夜總引起多愁、寂寞導致善感，於是寧願在陽光的溫暖下入睡，而在晚上跑來跑去，分散心情，感覺時間會走得快一些。

偶爾在早上出門，貓總是平靜地看著窗邊，牠很喜歡看風景。對於我的離開已經習慣，但偶爾牠的眼神幽怨，好像在壓抑離愁，這時我就會回身投射一個「放心吧，我很快回來」的眼神。

深夜的貓像個等男朋友等得不耐煩的女生，不時做些小動作設法引你注意。有時忘了牠在日間睡很多，摸著牠說：「不用等我了，我還要工作一段時間，你先睡吧。」結果被咬了一口。

直至跟貓道別了，少了貓的陪伴，我每朝出門再不用回望，每晚工作孤獨一人。無論日與夜，我也喜歡望著窗發呆，是因為被貓潛移默化了，還是想念讓我做出相應的事？但即使我與貓望著同一片海，都只有我單方面的思念。

單身的人很難捱過孤獨，無論生活多麼精彩、多麼忙碌、多麼疲憊，哪怕只是關了燈躺在床上的一秒，一個人的唏噓便會來襲。

這時候，我會叫自己像貓一樣傲慢，寧願冷視全世界，都不願再愛得卑微。

因為寂寞而隨意找個人睡一晚，當對方翌日離去，並不會回望你，想念你。再次剩下一人的你，那刻的寂寞叫你對愛情更厭倦。

原來貓能夠每天平靜地看著窗邊，是因為已確認你的愛，放心你的離開，等待你的回來。

貓の堅持

貓有時真的自私得令人無語，
但人仍然無可救藥的愛著貓。

不得不佩服貓的堅持。

貓唯一讓我真心感到煩厭的時刻，是牠總堅持做一些對大家百害而無一利的事。例如牠會走到我的書架前，把所有書抓出來散落一地，經我執拾後又再抓過，一晚重重複複十多次。也會爬到置物櫃的最高一格，我把牠抱下來，牠又堅持再爬過，抱下爬上，抱下爬上……

我生氣地問牠，到底你是為了甚麼！牠竟然回答我：「沒為甚麼，我就覺得爽呀～你不喜歡是你的問題，又不是我問題～」

我所舉的那兩個例子，都是雙方無法讓步的事。那個小書架只能放在那個位置，而置物櫃也是固定了的傢具，會跌碎的東西全都拿走，每天我只能祈求貓不要「發作」，讓我安穩過一整晚。

曾經問過很多已婚夫妻，他們在相處上總有些無法徹底解決的問題，只能在問題出現時一次又一次面對，例如婆媳糾紛，並非當時人懶得去改善，而是問題已經牢牢固定在關係裡，並非一朝一夕、一場對話就能說開，大家只能學懂與那些根深蒂固的難題共存，像感冒般偶爾來襲，吃藥好了，但下一次又會再病。

不會致命，那就算了。

年輕時仍會不知天高地厚，追求潔白無瑕的童話戀愛，想做個滿分的情人。但跌跌碰碰過後才發現，人的能力始終有盡頭，只求安好活著，終於知道愛到盡頭仍是愛的意義。

那些年的青春革命就留給仍在那些年的人，

而這些年的領悟就是學習接受，

但不要屈就。

養貓背後

每段甜蜜的回憶，背後都由無數苦澀堆砌而成。

曾經聽過有人說，養貓後發現貓不如想像中般可愛，他想要一隻能夠總是讓主人窩心的寵物，而貓太冷漠了，還要承受牠的脾氣……

貓是永遠的寶寶。即是偶爾抱一下很高興，玩別人的寶寶最好，卻不知道換尿布、餵夜奶、擔憂寶寶長不大、供書教學……等等為人父母的辛酸。

幸好貓不用讀書，但要做個負責任的剷屎官、糧食速遞員、家務助理、心理醫生都不易。還記得第一次嗅到貓便便，味道是那麼難受。遲了半秒餵食，貓已經在敲碗。偶爾還會在你熟睡時跳在你身上，用重量壓醒你。

現代的愛情，幸福同樣虛幻，我已分不出哪些情侶是真正幸福，還是只在社交平台甜蜜。明明昨天才發佈永遠愛著你的合照，今天卻在限時動態抱怨想分手，明天決定分手，說以後都一個人好了，最後在兩星期後復合。

那些平淡如水的情侶，像在深山裡戀愛，沒有人知道他們甜蜜與否、平日去哪裡、會做甚麼、吃了甚麼，偶爾只在紀念日貼張合照，知道他們沒分手。

喜歡分享沒有錯，反而旁觀者不必太羨慕或比較，你永遠不知道別人在經歷甚麼。這個世界就連貼貓太多都會有人討厭。

外人看不到的辛酸，值得與不值得只有自知。

即使有天甜蜜不再，也不曾後悔經歷過那些苦澀，因為最任性的浪漫，是哪怕只有一秒動過心。

後悔過愛人或許會有，但沒一秒後悔過養貓。

無知的主人

希望世上不會再有無知又不負責任的主人。

記得當初養貓前，閱讀了大量養貓知識、改動了家的擺設、安裝了穩固的窗網、買了新的吸塵機、研究哪一隻罐頭最有營養……為貓學習很多，因為一條生命交在我的手，愛是一份重要的責任。

萬一我做得不夠，貓會生病甚至死。

即使陸續再養新貓，依然要溫故知新，了解每一隻貓的性格及喜好，需花大量時間去觀察及照料。

會有甚麼即時回報嗎？並沒有，但再一次證明付出的過程也會感受到愛，對方開心自己就開心。最純粹的愛情理應如此。

到底人為愛情預先準備了甚麼，才開始戀愛？

是因為心知道人類太有智慧，所以開始一段關係前，不須像迎接貓一樣準備太多？就算我待對方差一點，對方又不會死。是因為人類學懂了計較，所以某天被愛的感覺褪減，我們就質疑愛情？他不愛我，我也不愛他了。

除非雙方都無意認真，只為逢場作興，ONS、SP、FWB，甚麼短暫的稱號都好，否則表白了，決定在一起，不過是感情的起點，並不會成為了情侶就自動變成了好情人。

愛很漫長，有人覺得太漫長，而有人覺得一生都不夠。

其實人的心同樣脆弱，會忘記幸福的感覺，因為沒有好好結束，就再也不敢相遇。

過了仍有心力追求愛的年紀，現在只夠氣力生存。

希望世上不會再有無知又不負責任的情人。

容易生病的貓

人面對感情問題，不是太輕視就太看重。

每次貓有甚麼異樣，我都大為緊張。

一個噴嚏、一坨爛便、一副悶悶不樂的樣子，幾乎都立即帶牠去看醫生。最記得有次突然聽到平常不作聲的黑白貓奇怪地大叫，發出淒慘而微弱的嗚嗚聲，我見到牠的手卡在門隙，牠不停掙扎，我又不敢用力拉扯，只好先輕托牠的身體，令牠的手減少受壓。準備致電救助，牠又不知怎地鬆脫了，立即帶牠去獸醫做檢查，幸好只有輕微損傷。回家後，牠又若無其事跑跑跳跳的玩著。膽顫心驚又累透的 …… 是我。

自己生病還好，貓千萬不要病。除了昂貴的診金，還因為貓無法清楚告訴醫生甚麼事吧。

「我不知道該怎麼辦，總之覺得感情有問題。」A 小姐在控訴。

她經常都覺得關係變差，經常吵架，卻又說不出因由，而對方也因為她莫名的情緒而感到厭倦，為甚麼就不能好好相處？

其實，就算 A 小姐指出如對方太忙、對方太冷淡、對方態度太差，列舉一百個原因都好，都等於貓打了一個噴嚏而已，只是病徵，真正的病因是甚麼還有待詳細檢查。

後來問 A 小姐怎麼了，她又笑著說莫名奇妙變好，就像卡住手的黑白貓突然鬆脫了，只有我曾經為她苦惱……

愛情始終不是生病，即使查出了原因，也不是對症下藥就會好，並沒有紅丸藍丸，一吞下就改變人生。對方覺得你太忙，建議你抽多點時間陪他，那是廢話，誰不想辭掉工作。像卡關一樣解決不了，但偶爾散步一晚，聊著聊著，大家又學懂了互相體諒。

貓從診所回家，你不會叫牠思考病因，找出解決方法，而會摸著擁著牠，溫柔地說：「你加油，快點努力康復，病好就買多些玩具及罐頭給你吧。」

生氣的提示

愛意很少表達，脾氣卻隨便發。

之前寫過，貓其實經常表達愛意，而當憤怒或不喜歡，貓都不會隱瞞，直接告訴你。

在脾氣這方面，人終於大勝貓了。我們除了會隱瞞，也有著數之不盡的方式表達不滿，愈了解，愈毫不忍讓。忍氣吞聲的那些人，只是不想麻煩而已。

我們沒有學過怎麼表達愛，也沒思考過該怎樣表達不滿。其實只可以定義為吵架或發脾氣，而不是有效的溝通。

你知道貓不喜歡，就自然不再做了，擔心會傷害牠。

開始厭倦了人與人的相處，因為有太多規條及地雷，不是你令人不滿就是對方觸及你的底線。家人、多年的好友、愛人都可以在剎那間形同陌路，結果學習太多都是徒勞。不再勉強自己。

感情還是以整體來看比較好。夠愛就會包容，夠愛就會改善，夠愛就會追求更愛。關係變差，除了致命的因由，否則不是一兩次吵架造成。第一天跟第十年的他，其實都是同一模樣，性格的缺陷早已存在，只是當年愛勝於一切。你告訴自己，不緊要。

見證過愈多的愛與離合，愈會覺得兩個人的相處出於自然，幸福的人不必做甚麼都幸福，分開的人做盡一切都分開，只是時間問題。

所以體驗過激情的辛酸，總有人更改擇偶條件，刪去外表的要求，只求相處舒服。

愛貓的感覺，由第一天到最後一天，都沒有改變過，反而愈來愈愛，並不因為曾經學習過或努力過甚麼，只因為一份真切的愛。

觸不到的下巴

人無法自愛的地方，就由情人去愛吧。

人愈大，愈明白那種身不由己的無能。

由先天條件、原生家庭的影響、讀書時期成績的分野、工作上的壓力、身體大大小小的毛病，成長的路上或多或少都留下過遺憾，影響了情緒健康。

如果稍為能夠掌控的愛情，都為人生帶來更加糟糕的體驗，未免太悲劇了。

貓最喜歡人觸摸牠的下巴，因為貓自己無法碰到，只能由人手代勞。

然後我想到，無論一個有多自愛的人，總有些無法一個人面對或彌補的人生缺憾，只能藉著他人的愛來填補。那麼，擇偶條件似乎要增加這一項吧。

經常掛在口邊的愛與被愛，總是太虛幻，甚麼叫愛，甚麼叫被愛？所以，看電影、吃晚飯、行海邊只能名為約會，而不是愛。愛的其中一面，是潛進對方的內心，找到最脆弱的模樣，願意悉心呵護。

戀愛該讓人變得更美，因為找到了懂得照顧你內心的人，而有些人單身後反而亮麗光鮮，因為避開了踐踏你的人。

不想再戀愛的人，接受到去約會吃飯晚上睡一覺，發展長遠關係則萬分抗拒，將別人拒於千里之外，正因為封閉了內心最脆弱的一面，不相信再遇到愛，破碎得無法再讓人踏進來。

人的無能令愛太沉重，亦太難能可貴。

於千萬人之中的指尖輕輕一碰，

終究觸動了由心而發的愛，

還是留下了無法磨滅的傷疤，

都不過是千萬年的一瞬。

輕輕拾起，再輕輕放下。

有怪癖的貓

人只有獨處時，才能呈現最真實的自己。

我養的兩隻貓，各有奇怪到不得了的怪癖。

其中一隻喜歡舔封箱膠紙，而且是有黏性的那一面。不要問我為甚麼，我不知道，只是偶爾有一次我要用封箱膠紙來貼包裹，把一條條膠紙黏在桌子邊緣備用，突然聽到「沙、沙、沙」，原來是牠的舌頭在膠紙上來來回回磨擦的聲音。從此，牠見到膠紙就會兩眼發光……

另一隻貓都是愛舔，但不是膠紙而是牆壁。這情況比膠紙嚴重，因為舔走牆壁的灰不太健康，花了好多時間及心機才能阻礙牠再舔。幸好牠只會舔全屋的某一個角落，同樣不要問我為甚麼那一角特別好味。我要用木板擋住那個小區域，牠才停止了這個怪癖。

大部分情人都想了解另一半的所有面貌，那是一件徒勞又多餘的事。不是推翻要了解對方的說法，而是接受人與人總有界線。無論你跟對方多親密，都不想被直視去大便的樣子。

在對方某些人生的低谷或失落的情緒，別強求自己能體會那份感覺。

了解或安慰是個叩門的過程，你輕力敲敲對方的心房，對方即使不願開門，都會知道你在門的另一邊。當他獨個兒把情緒梳理好，便會笑著開門，歡迎你進來。

愈親密的人，愈要懂得這種近距離的陪伴與等待。

不用擔心，我知道你在就夠了，我會好起來。

不愛穿衣的貓

不是所有人都能以自己喜歡的模樣生存。

哼…… 為家裡的貓買了無數件可愛的衣服，牠們卻討厭得一秒都不願穿。我也想牠們像別人的貓，扮演不同的角色及水果，留下有趣的回憶。

我經常都覺得人一旦離去，生前擁有甚麼都沒意義。

對於我這種物慾低而又沒好勝心的人來說，具以上想法非常危險，隨時就懶洋洋地庸碌一生。好聽一點就叫隨性，實際上是頹廢。

我一直以為自己沒要求，原來我也不容許別人管束我，像貓一樣不願意穿上別人覺得可愛的衣服。我以為自由選擇人生是基本

權利，當我有承受失敗的心理準備，就可以搏盡無悔，但原來更多人身不由己，困在工作、家庭，甚至婚姻裡。

他們無法自私地跟隨個人意向，時刻要顧及身邊人的感受，做最合理而不是自己最喜歡的決定。大部分時間，他們都活得痛苦。

其實……所謂自己喜歡的模樣，無時無刻都在轉變。戀愛中的我是喜歡的模樣，單身的我亦是喜歡的模樣，而兩者都為我帶來過幸福。在某些瞬間，痛苦轉化成歡樂，歡樂卻沉澱為痛苦。

趁著貓貓們還未完全把衣服掙脫下去，我連忙用相機捕捉那一秒，雖然照片失焦了，只有一個模糊的貓影，我卻記得牠在那刻是個菠蘿，而另一隻是聖誕貓。

為牠們穿過衣服，就只有那次，不喜歡就沒有再勉強了。在任何時刻，在身邊還是在心裡，牠們的存在都是我最喜愛的模樣。

貓愈胖愈可愛

經得起時間的美麗才值得追求。

貓寶寶是否比較可愛呢？重看貓小時候的照片，禁不住對貓慨嘆，連你也回不去了。初生的青瀝，令人擔心長不大的一團小肉球，一天一天變成了懶洋洋的大肥貓…… 還要常常打呵欠。

摸著牠肥美的大腿，依然忍不住埋首吸貓，被牠不耐煩地踢開，眼神像個胖大叔。

從前女生擔心變老變醜，我都不太懂得安慰，那是無法改變的事實。當看見貓長大了，變胖了，我的眼裡依然見到牠的可愛之處，並不會見到其他初生的小貓便拋棄老貓，專一不變的愛，因為你是我的貓嘛。

有些女生，愈看愈漂亮，因為內涵、修養及性格，而那些輪廓精緻、身材完美的反而經不起時間，望多了就生厭。

並不是只有女生才不介意外在，只求相處舒服。短期交往多數看臉看身材，但如果要長時間在一起，男人都會追求內在美，沒多餘的時間及心思應付另一半的野蠻。

有段時間，我花了很多錢去買名牌、手錶及車，追求奢華的優越感，建立一種讓人覺得成功的形象。後來一個人生活，發現自己並不真正擁有甚麼，快樂也不來自於那堆物品，某天過時了、弄丟了、壞了，我就甚麼都沒有了。

於是，我決定往後的日子，都要把錢及時間都花在有益內心的事物上，例如做運動、學些甚麼技能、去多些旅行……

全都是寶貴的經歷及記憶，能夠經得起時間，一輩子擁有的美麗。

內斂地撒嬌

廉價的愛只會不被珍惜。

我會形容貓的愛是內斂。

一整天裡，你無法預測貓會在甚麼時候愛你，二十四小時裡又會把幾多分鐘留給你。

所以當貓走近你的時候，你才想立即抱起牠，無論手上在忙甚麼都先放下，以牠的愛為先。你不會在貓磨蹭你的時候，跟貓抱怨：「我今天很累，別煩我。」

這個畫面令我想起兩個故事。

一個初次談戀愛的人，好不容易有人喜歡，無時無刻都想把對方佔有，經常妒忌，為見對方一面來回幾小時車程都在所不惜，就算對方很忙。只覺得自己付出了很多需要有回報，最後對方覺得窒息要分手。

另一個主角，只要戀愛就會百份百投入，生活的每分秒都為了令關係變好，對另一半千依百順，萬般照料，幾年後，對方愛上另一個人，一見鍾情，説在那個人身上找到了從來沒感受過的愛，強烈得無法抵抗。

兩個被分手的人都愛太多，對方只覺煩厭，又或到頭來不值一提。原來，愛根本無法被量化。

我今天抱了十次貓，比昨天的九次多，所以今天愛多了。你不會計算與貓之間的愛，而人與人之間的感情最終只有適不適合，被愛的也講究舒不舒服。

佔有欲強的人或會跟總是缺乏關注的人修成正果；而擁有戀愛頭腦的人或會感動到對愛失去信心的人。

但不想再理會愛得對不對了，抱貓最舒服，牠不愛就跳走，大家都不會傷心，最多下次再抱過。

要懂得分辨溫暖

你的溫暖最終會治癒自己的冷漠。

我的貓經常打架，一度以為牠們從來不愛彼此，所以每當見到牠們互舔時，我心頭都會暖一暖。

每逢冬天，除了床上鋪電暖氈，地上還有寵物專用的暖氈，一貓一張不用手。只要開著了暖氈，牠們就懂得躺在上面，舒服得睡到反轉肚皮。由於兩張暖氈拼在一起擺著，視覺上牠們互相依靠著，旁觀的我也感到溫暖。

幸好貓懂得主動靠近溫暖。而不像人一樣，靠近了一個人才能體驗對方的冷漠，彷彿要受過傷才分辨得出冷暖。

再沒有貓在身邊的日子，我也遠離了溫暖的感覺。人生會遇到甚

麼人，甚麼事都沒有盼望。不會期待明天，對日出無感，不知道為甚麼要活下去。

唯一希望身邊的人安好，能夠見證他們生活得快樂就夠。

我喜歡陪伴別人，但不用別人陪我，獨個兒出走去了一趟旅行，竟然因為我想看到巴黎的日出，無聲無息地，不通知任何人，便出發飛往鐵塔。

那是一趟為了找回人生的旅程。

去到異地，身邊沒有一個熟悉的人，重新出發。每天冒著巴黎的細雨看異國的風景，站在塞納河的河邊，平靜的水面，耳邊傳來聽不明白的法語。在這數十天，我簡樸地生活，重新審視了孤單，原來不可怕。

因為在旅程中，孤單是合理的存在。

終於適應了一個人的人生，習慣了孤獨，我又離開了法國，回到熟悉的環境，這時候我已經對明天有所盼望，知道睜開眼睛後該做些甚麼。

無論身在哪裡，我都會想起互相依靠的貓，彷彿我就站在牠們身後，暫借一刻的溫暖，找回那個喜歡世界的自己。

第四喵

貓不問愛與被愛的資格

社恐貓生

很抱歉，我是天生內向也沒辦法。

曾經我想過要在貓在世的最後日子，帶牠看盡這個世界。

不過後來在書讀到貓原來不太願意出門，牠的家便是全世界，要牠外出反而令牠不安。

我沒機會陪貓到貓生的盡頭，所以實現不到最終的決定，不知道牠們老了會是甚麼模樣。

我其中一隻貓是從朋友手上領養的，是啡色的英短貓，在母貓悉心照料下，幾個月大才來到我家，性別溫馴親人，任摸任抱任吸。

而在垃圾房被救起的黑白貓，每次有人來探訪牠都會躲起來，

怕得要命，不像平日一樣搗蛋咬人，我會在客人走後跟牠說：「剛才又不見你那麼活潑。」

如果用人類的情況來形容黑白貓，大概牠就是一隻社恐貓了。是因為對陌生心太有戒心嗎？好幾次帶貓去獸醫診所，在那裡寄養的貓女，見到英短貓時非常友善，但黑白貓甚麼都沒做過，貓女便對牠「哈氣」，可憐的黑白貓只能躲在貓袋裡。

「吓，為甚麼……」黑白貓交不到女朋友，我在心裡替牠難過。

如果我是一隻貓，我的性格應該跟黑白貓差不多，所以我對牠特別呵護。

每次出席人多的聚會，我都覺得不自在，說話比平時少，很多比我年長又善於交際的人都會叮囑我：「這樣做人不行，要懂得應酬，見多一點人吧。」

如果跟認識多年的朋友或單對單時，我則悠然自在，可以開朗地聊一整晚。

我也想偽裝成外向的人，但始終沒有那種一開口便成為焦點的魅力。

或許黑白貓跟我一樣，並不討厭其他人、其他貓，只是慢熱內向，只願在對方真心善待自己時，才能夠敞開心扉，真誠相處。

睡在下雨天

靜靜地閉上眼，享受陰天的多愁善感。

一般人喜歡陽光燦爛，我卻偏好天陰下雨，當然這時我要在室內。

雖然貓已經睡很多，但原來每逢雨天，牠們都特別愛睡，吵也吵不起來。理由是貓獵食的慣性，下雨了大部份動物都躲起來，既然捕捉不到甚麼，就乾脆不要淋濕自己，睡覺節省體力以免肚餓。

我還以為牠們的原因會像我一樣矯情，但原來這麼實際。對我來說，雨天是讓人名正言順地孤獨，釋放情緒的好時機。天陰時看著烏雲，你也不必強顏歡笑。沒有人會打擾你，靜靜地閉上眼睛，聽著滴答的雨聲，聽清心裏的憂愁。

即使雨下一整天，貓始終都會醒來，吃過罐頭後，便搶了我的位置看著窗外，貓亦一臉哀愁不知到底在苦惱甚麼。難道牠見過雨後的彩虹嗎？

雨天的期盼，讓人記得晴天的美好，一個人會否一輩子都沉鬱哀愁，心裡那場大雨會不會有天終於放晴？說愛上雨天，又會不會只是逃避現實的藉口？

看著雨點，想起曾經撐著同一把傘，那時的雨讓人微笑，或許這才是愛上雨天的真正原因。

多少個下雨天，待在家裡，像尋寶一樣找找雪櫃有甚麼可以煮，邊吃邊看了幾套電影，還只是過了半天，還有半天，難得的漫長。

無論如何，雨天都令人矯情，

而人需要偶爾的矯情，讓人回憶，

讓人想念。

帶刺的舌頭

既然有愛，就別怕承受真話。

每次貓舔我的手，我都很感謝牠們的寵幸，所以忍耐著那陣像被砂紙磨過的刺刺的觸感。

當我們感到茫然自失，情人便是帶刺的舌頭，叫我們從痛苦中活過來。他們說的話，有時很傷人，但你能分辨出對方為自己好，只是我們有沒有能耐去承受。

在對方身上，我們也會看到自己的醜陋，原來自己那麼不懂愛人。

獨處是一門天賦，並不是每個人都能夠從大自然吸取力量生活，而需要與人互動，實際的陪伴。除非你身邊全是工具人，否則總

有交心聊天的時候，那一刻就像被貓舔著，一方面掏出了傷心，一方面承受對方的坦白。

偶爾我會覺得跟某些人好像疏離了，感情莫名奇妙就走散。然後不斷回想是不是自己在某一刻令對方失望了？我知道自己再花多些時間，就能跟那個人培養更深厚的感情，只是我沒有多餘的愛了，連自己都顧不好，又怎能理會別人。

只能慶幸身邊還存在一些不用多說、不用刻意見面，就能維繫的感情。

這種不離不棄的親密，並非無原因。因為無法取代的回憶、因為曾經長時間待在一起的先天優勢，又或經歷各個高低起伏的階段，彼此都接受過帶刺的真心話。

虛情假意的人離開不要緊，即使那是你的情人。

而貓絕不會舔討厭的人。

不吃罐罐的貓

追逐夢想的路既孤獨又痛苦，
但那份滿足感無法以錢買到。

你以為每一隻貓都喜歡吃罐頭吧？我其中一隻貓就以行動告訴了我，牠對罐頭沒興趣⋯⋯幾乎買了幾十款，才找到一款牠勉強吃得下，其餘時間牠都只吃乾糧，感覺像小孩子不吃飯只吃薯片⋯⋯

我不知道其他貓會否有類似口味，因為我另外兩隻貓都視罐頭如命，一開即狂食。

我猜大部份人，如果可以選擇，追求金錢應該不是人生首位。人享受賺錢是享受錢能夠買到的滿足，而沒聽過人純粹享受數字增長的快感。

我選擇單身，其中一大原因是我不想再以賺錢為己任，而沒有錢又很難説服別人我可以為她帶來幸福。

我知我知，不是每位女生都物質主義，她們可以養活自己，但那是自尊的問題；而且事實上相處起來到底會怎樣，太過難以預測，單身是最安全的選擇。

「如果跟一個同樣沒錢的女生一起呢？」我有這樣想過……的確可以，但這種共患難的情懷只限青春風暴，我已過了那階段，難道我能在首次見面就提出：「嘿，妳願意跟我捱窮嗎？」

從事創作行業的人不是明星，沒有豐厚收入及吸引注目的本質，卻同樣有著無法過普通人生活的包袱，有好些時候，我都把孤獨歸咎於寫作。如果我打一份普通的工，月入穩定，下班後便可放下工作，可以戀愛、發展興趣、做運動或休息。

但需要寫作的我，除非病到昏迷了，否則無法停止為創作而苦惱。

如果大部份人的「罐罐」是錢，那麼我也是一隻不愛罐罐只吃乾糧的貓。

嗯，麵包的確是乾糧。

貓的記憶有多長

想念太重，重得無法不選擇放下。

知道自己無法再跟貓見面後，我除了希望牠們健康成長，心裡只問一句：「貓會不會記得我曾是牠們的主人呢？」

起初，我當然希望自己會存在貓的心裡。

我沒有想過自己已到了想念的年紀。要跟曾經是生命裡最重要的部分道別，並不是回頭以後不再相見那麼瀟灑、那麼清脆，而是將其轉化成一份沉重的感覺壓在心底。

想起，然後念掛。於是有人會令自己忙碌得無空閒去想，麻醉自己的情感，或以另一份哀傷壓抑思緒。

人可以忘記人，但人無法忘記貓。就算我再養一百隻貓，牠都是無法被取代，都是我人生裡第一、第二、第三隻養的貓。

愛情可以被覆蓋，舊情人最終成為了模糊的前度，因為現任只容許有一個名額。

要忘記寵物實在太難，經過寵物店，會想起牠只吃藍白罐的吞拿魚，只用綠色包裝的貓砂，做家務時發現再不需要寵物專用的清潔劑⋯⋯

貓曾經長時間伏在牆壁的某一角，搬家時發現留下了淺黃色的貓印，如今刻了在我心底裡。

通常想念都等於痛苦，但幸好，想念貓又不算太苦，想起牠們討摸的畫面還會會心微笑。時間會沖淡一切，就沖走愛情好了，貓的回憶請全部留下。因為我們的道別，並不帶半點傷害。

後來，我在網上查到有種説法：「貓能不能記住你，取決於牠想不想記住你。」

想念太沉重了，我希望貓徹底忘記我，好好享受貓生。

瘋傳的貓影片

幸福不應該沉重。

在網絡上，貓的照片及影片是流量密碼，全球其中一條瘋傳最多的影片必定關於貓。

專家曾經研究過，因為人類看到貓影片時，會有種愉快放鬆的感覺，就如在腦海釋放多巴胺，即使沒養過貓的人，都不會看厭。

愛情本應也要這麼純粹。當我們相處時理應不會感到有壓力，但戀愛的愉悅感卻莫名地消逝。

你不會因為想到下班後，回家要見到貓就寧願在街上閒逛多一會；一打開門，知道又要面對跟貓的相處問題就苦惱；一想起與貓的

關係，就唉聲嘆氣，要找朋友訴苦。

愛情有太多事要顧及，結果顧不到愛情。

會不會有一個人，可以像貓一樣，永遠對著都不會厭倦？似乎說了出口都沒甚麼人有信心做到。莫論人與人之間的連結，人類彷彿連獨處都會感到沉重。

難怪那麼多人寧願與寵物為伴，免卻不必要的紛爭、不會爾虞我詐，沒有瞞騙與傷害，只有能夠洗滌心靈的愛與關心。

令人更沉重的情況，不是有天你厭倦了某人，而是當你歡天喜地回到家，仍熱情地期待跟另一半見面，但原來被討厭、令人苦惱、令人唉聲嘆氣的是自己。

你問自己做錯了甚麼嗎？得到的答案是，單是存在就令人生厭了。

「你去找另一個懂得欣賞你的人吧。」對方無情地說。

幸好我們不會理直氣壯地跟貓說：「我不愛你了，你去找另一個懂得照顧你的主人吧。」

可是，對某部份人來說，分手跟被遺棄無分別。

百份百貓肌力

愛會隨時間由本能變成了潛能。

貓常常被看輕。

見到家裡的大胖貓，以為牠已經懶洋洋不願動，可是只要牠想，依然跑得快、跳得高、反應靈敏⋯⋯原來貓有驚人的爆發力，其中原因是能夠運用百份百的肌力。

熱戀的人，相信就是處於這個隨時都能瞬間爆發熱情的時期。而熱情減褪，愛人的能力沒有消失，只是像胖貓一樣深藏不露。

似乎過了青春的年紀，又或愛過幾次，人已不在乎熱戀與否，大家都清楚明白當初只因為新鮮，發覺若然再問「跟另一半變淡了，怎樣做才能重拾熱情？」都已經太多餘了，顯得自己才是無知的一方。

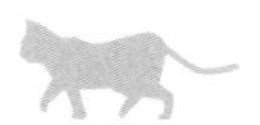

真的，別再勉強追求甚麼熱戀不熱戀，太煩人了。抱歉這種態度太悲觀，但是時候貼地一點，不再在乎怎麼保持熱戀，而是該熱戀時熱戀。

要相信大家仍互相愛著，平日就平淡地相處，週末來一天小浪漫，然後在重要的紀念日或生日就大爆發，放下壓力，盡情享受戀愛的時光。這似乎科學一點。

愛情的確不在乎天長地久，因為當不愛了，見多一秒都是折磨，所以從前錯信細水長流是正確的態度，誤會了那是幸福的常態，正常人都會做到，誰料到原是跟「保持熱戀」同樣遙不可及，可遇不可求。

原來貓除了有驚人的爆發力，還懂得爬樹，運用爪子及前肢就可以抱樹而上。

我對家裡的大胖貓說：「其他貓會爬樹，你就甚麼都懶得做了，當初做貓的熱情呢？」

牠摸摸肚腩回答我：「對呀，那你去找別的貓好了，別煩我～」

貓不問你憑甚麼去愛我

貓的愛並不講條件。

在我們將貓領養回家時，貓不會大叫等一等，然後由內到外審視一輪，覺得你是個好主人才答應跟你回家。

換個角度來看，貓都算濫情，甚麼都不知道就跟人走了，牠的愛需要冒險。

但正因為貓一定不會離棄主人，無論高矮肥瘦，漂亮還是醜，順境或是逆境，富有或貧窮，健康或疾病……才發現原來不是我們對貓許下承諾，而是貓選擇了我們。雙方的關係其實對等，只是我們的身軀比貓大，但貓待人的關係，比人與人更守信。

不知從何時開始，認識一個人前，人都會問自己憑甚麼，對方亦會問你憑甚麼，即使沒問出口，從外在條件已經分了等級，繼而身份、職業、收入 …… 由相識的第一天，人的關係就不平等，至少分為主動或被動。

一位已婚多年，育有兩個女兒的好朋友告訴我，他跟老婆能夠捱過不少關卡，一直愛下去，主要因為這段愛情由中學萌芽，當時的幸福簡單又純粹，兩個人買兩杯雪糕已經快樂，而這份純樸延續至今，飯後那杯雪糕跟中學時期一樣甜。

我表示認同及羨慕，在成年人的世界認識，邀約對方見面都要擔心地點會否太廉價。一杯貴價紅酒還是一杯珍珠奶茶較體面呢？即使兩個人心底都愛喝奶茶，味蕾都要先經歷紅酒的刺激。

而失去奶茶的關係比起失去紅酒更痛心。純樸的愛情，用錢買不到。

貓跟人的關係最貼近初戀，牠不會問憑甚麼，無論身在富裕或平凡的家庭，只要你真心愛牠，牠都會真心愛你。

沒有時間觀念的貓

如果人類都不糾結時間……

貓懂得分日與夜，但貓沒有一天二十四小時的觀念。

對貓來說，牠不知道甚麼是一天或一秒，量化時間的單位只有一生，貓界只有生存或死亡。

例如，因為你早上七時起床，餵牠吃東西，牠才跟你一起吃早餐，而不是牠本身有吃早餐的概念。貓不會在星期日睡到自然醒，跟你說：「難得放假，不如吃個 Brunch，Chill 一 Chill 吧。」

人仔細地劃分時間，方便計劃人生以及健康地作息。我們由時分秒年月日來安排生活。我無法深入研究歷史，時間的劃分由何年何月由誰人發明。

但自此，人的感情都由時間區分。

因為相愛多年了，不必再在意對方感受；
我忙了十小時，請不要再發我脾氣；
今天不想見了，等明天再算吧。

誰料到，再沒有屬於兩個人的明天，不再在乎愛過多少年，對方的一分一秒都再不關你事。這時候，時間又不再是重點了⋯⋯ 日子只分為有他或沒有他，只有曾經而沒有將來。分手後的第一天、第一百天、第一千天⋯⋯

最終，人跟貓都一樣，只有生存及死亡，後悔曾經把時間浪費在某些人與事上。

「如果早點認識你就好⋯⋯」
「想跟你一輩子在一起⋯⋯」
「來簡約地愛多八十年⋯⋯」

這些情話全都太離地了，以後只說一句，只要生存的時候，我都會愛著你。

甚麼？你覺得這句才是離地嗎？

不關我事呀。

是貓跟你說的。

為何會有人傷害貓

總是無法想像世界有這樣殘忍的人。

每次見到有人對貓下毒手的新聞，除了心酸及責罵以外，還慨嘆為甚麼世界會有這些人存在，人心可以那麼醜惡。

然後我就抱抱貓說：「你已經好幸運了…… 知道嘛！」

不過，人把傷害想得太遠了，並不是我是過來人才故意這麼說，但每日又有多少受傷的情人在問：「為甚麼對方做得出這種事？」、「我們不是深愛過嗎？」

你還想問對方會否內疚？那就太天真了。

我知道如果他內疚，你會好過一點，但他在傷害你的時候，已經為自己想過千千萬萬個合理原因，甚至在他而言根本不覺得有錯。錯的反而是你 …… 你該好好反省才對 ……

並不是他埋沒了良心，而是這是壞人的本質，你曾幾何時會在電影或劇集見過壞人認錯？他們首先要騙的人不是你，而是自己。

只能說，傷心夠了，就不要再自怨自艾，沒有人願意長時間同情你，對方已經好好生活了，你還停留於傷痛裡嗎？別再一副可憐樣了，即使你對人生沒希望，無法再發自內心的笑，都要迫自己踏出重新開始的一步，然後一步一步走下去。

太不近人情嗎？

這些話都是我曾經對自己說的。

別再糾結對方會否內疚，

人始終要為自己做最好的選擇。

你不用大方地上演冰釋前嫌的戲碼，

也可以在心底裡暗暗告訴自己，

放過別人，等於放過自己。

你真的傷心得夠累了。

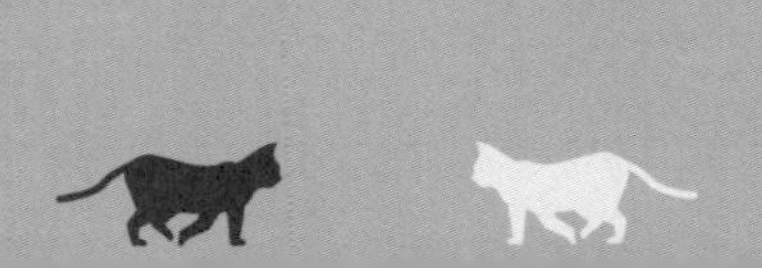

第五喵

謝謝貓曾在生命與人相遇

貓生只想望著你

每次望貓在做甚麼時，都發現貓在望著我。

貓的眼神彷彿在告訴你：「別打算離開我視線。」

貓不會常常待在你旁邊，但會確保你在牠的監視範圍以內，如果你去了別處久了，牠一定會悄悄跟來，當你覺得突然感覺不太自在，回身一看，原來貓在凝視著⋯⋯裝作躲開牠，再望，牠著急得已衝到你眼前。

那刻的感覺雖然詭秘，但又有被重視的窩心。

但當人學貓一樣盯著牠，偶爾牠又喜歡背對著你裝冷酷，難怪常說貓是傲嬌的。

其實我覺得，最真摯的愛情，是對方只是存在，你就有種幸福感。而日子久了，還會願意花幾多時間，只為了像貓一樣純粹望著對方呢？

或許貓很清楚眼睛不會撒謊，能透過瞳孔伸縮傳情達意。

雖然人的瞳孔變化不如貓般明顯，愛不愛還是看得穿。

後來，你跟他都很少再直視對方，甚至迴避眼神，大家都不想道破不再愛了的真相。

而你看著舊合照，對方深情地看著你，相較之下，你無法再扮作不知。

直至某一夜，他從大門回來，如常地洗好澡，喝著汽水，突然關掉電視機，從他欲言又止的眼神，你知道他想說甚麼，他亦知道你明白了，便慢慢收拾東西。你看著他即將離去的背影。

他的最後一眼並沒有不捨，而你的瞳孔裡全是深邃的回憶。

曾經我們也像貓一樣，一生只想望著對方，

只是當初看在眼眸的全是優點，

後來盡是缺點，轉眼便由甜蜜淪為苦澀。

生來是為了被寵

人經常忘記自己有被寵的權利。

寵物一詞，從字眼來説，已經告訴了主人應抱持甚麼態度。牠就是為了被寵而存在的生物。既不是玩具，也不是飾物。

人有自己的名字，不同的身份，幾乎全都附帶著責任。父母、子女、老師、學生、同事、夫妻、情人 …… 我們都慣了成為付出的一方。

而在遠古時期的畫像，常常見到貓以被崇拜的姿勢出現，即使是當代的皇帝皇后都有貓在旁守候，地位比跪下的僕人尊貴，相信寵貓的皇后寧願殺一百個下人，都不忍心見到貓受傷。

自小被教導以謙虛的心態待人，別人善意的關心反而覺得不好意思。內斂的性格在職場上錯失許多被賞識的機會，每每對方問及有甚麼厲害之處，我答其實都沒甚麼特別。

在愛情上，自問條件平庸，於是不敢愛得太高調，即使內心動地驚天，表面都只能微笑示好，被愛的時候甚至不想對方付出太多怕令人太辛苦。

過度謙虛會令人變得渺小而不起眼，適當地表現自信，接受讚美，才是健康地活著。

雖然我們是人不是貓，但被誕生到世上那刻，為甚麼第一個反應是哭而不是笑？我不想用理性的科學解釋，而矯情地認為，因為我們的首要任務，就是要學懂笑。

我們要笑著過每一天。

當你摸貓的時候，讚貓可愛，貓不會謙虛答你：「哈哈，才不是呢。」而是一副朕現在給你摸的表情，紆尊降貴，請你快點摸，錯過就沒有了。

寧願讓別人覺得錯過，也不要屈就自己做錯。

瞎眼的貓都能感受快樂

把人生押在某一方面，某一個人身上，不是很高風險嗎？

貓不只用眼睛看周遭的事物，除了視力外，還有敏銳的觸覺、聽覺、嗅覺、味覺全方位去感受世界。

每當見到瞎眼的貓，依然能夠歡樂地追波玩耍、跟其他貓打架、知道主人在哪裡跳上去嬌嗲地躺著，我都很佩服牠們求生的能力，連動物都努力活下去，我又怎麼能夠放棄人生呢？

人的生存方式彷彿只有一種，大部分人的人生都押在工作上，以金錢及住宿為生命的本任，為戶口的數字及買不買到房子而苦惱。

匆匆的一生都在勞碌奔波，即使一切順利，都只能在晚年喘息，用大半生只為渡過餘生。

別說到意外或生病那麼極端，活在當下的同時，能不能把快樂都分散投資？

運用最基本的避險概念，假如把人生的重心押在某一方面，萬一那方面垮倒了，整個人生都崩潰下塌。

不只是事業上擔心公司倒閉，愛情上亦避免對方決定離開，圍繞愛情而活的你痛不欲生。

分散幸福的來源，減低後悔的機會。

人通常都只在得與失的同時，發現自己一直把時間錯配。

得到工作，犧牲情人;賺到了錢，賠掉健康;溺愛一人，錯失自我。

或許我們被「一事無成」這四個字影響了，但只有一事達成，人生還算圓滿嗎？

瞎眼的貓看不見別人的笑容，但聽到主人溫柔的呼喚、靠在溫暖的懷抱裡、嗅到罐頭的香氣、吃到美味的肉泥，咕嚕咕嚕表達愛，世界依然色彩繽紛。

喜歡不等於懂得愛

喜歡是一瞬間的感覺，照顧是一輩子的承諾。

其實養貓不如想像般簡單。

因為貓是脆弱而又堅強地生存的物種。就像單身的人一樣，一個人時甚麼都做到，但有人在身邊，適時地軟弱，享受被照料。

貓在野外時堅強地求生，但成為家貓，主人就有一連串責任，由餵食到清潔耳朵，剪指甲到陪玩，生病求醫到陪過生命最後一程。

各種照料，全都是一段漫長的身心靈過程。並不是揮動一下逗貓捧，貓跳幾跳，你笑一笑般簡單，那只是在貓咖啡室的體驗。

如果你是一隻貓，你寧願跟一個陪你玩得高興但粗心大意，還是細心照顧你但沉悶乏味的主人？你想都不用想就會揀後者。因為對貓來說，健康地生存最重要。

照顧貓的責任其實是非常清晰。要做的事，或有可能面對的情況，幾乎都能列舉，以白紙黑字寫出來。就算不懂，可以問、可以看書、可以求醫。

但身為人的時候，情況複雜得多了，我們走在一起，因為喜歡還是照料呢？愛又一定包含照料嗎？

現實中真的會面對二選一的情況，因為大部份人都不是專業看護，他們連自己都照顧不了。

人卻可以喜歡一個人，但不懂愛一個人。或許有個懂得愛你，但你又不喜歡他的人。

要為這個充滿人性而又複雜的難題尋找出口，只能回歸思考養貓的責任。

為甚麼人願意付出時間及心機照料貓呢？只因為貓的存在，令人覺得值得。

承諾一輩子對貓的照料，當一輩子剷屎官，只為吸一輩子貓，值得。

即使有人追求在別人眼中不明所以的愛，

醜陋的愛、卑微的愛、不被認同的愛、

被唾罵的愛、放棄一切的愛，

都只因為值得。

單身即流浪

既然流浪貓都能被愛，單身又怎麼會苦呢？

除了見到流浪貓受傷的時候，我不認為在街上走來走去的貓活得比家貓不幸。

我曾經在山邊的停車場遇見一隻全身白色，但鼻子範圍是黑色的流浪貓，每次路過都帶一罐罐頭給牠，後來牠有次跟幾隻同伴一起出現，我就連牠們的份量都準備了。

其中一晚，我帶了個貓籠去找牠，放了在糧食旁邊，如果牠進去了，我就帶牠回家吧，可是牠吃完糧，望了我幾眼，便跑到同伴身旁。

我望著牠跟其他貓在玩，心裡覺得牠在偌大的停車場遊玩，好過住在我淺窄的蝸居。大前提當然是牠不會被車撞倒。

從來未被收養過的貓，並不知道牠在流浪，因為人有家貓的概念，覺得家貓比較幸福，於是覺得流浪貓不幸。

如果你問享受單身或仍在癒療情傷的人，他們不會否定獨身主義，除了情人的愛，還有其他方式去感受愛。獨自去看海吹風聽浪踏單車，一個人都可以有浪漫的一天，只是這種自給自足的愛你能維持多久。

諷刺的是，戀愛中的人反而有時會羨慕一個人的自由，難道家貓也會羨慕流浪貓嗎？

單身即是在人生的旅程流浪，愛情就隨遇而安，真的某天有個人出現在你的停車場，遞上了愛心罐罐，那時候才考慮是否跟他回家吧。

貓會否為你傷心

養貓期間，我一直想知，到底貓在不在意人的情緒，
會不會察覺到我傷心，然後安慰我呢？

我在人與狗的影片裡見到當主人裝死，狗會著緊地關心，於是我也走到貓旁邊，牠已經擺出一副臭臉，然後我裝作心臟病發倒下，等了幾秒張開半眼，貓仍不動如山，兩只小手攝在身體內，鄙視的眼神，流露出這人類沒救了的表情。

「你果然不關心我，萬一真的死了怎麼辦。」我心想，聽說貓會吃掉倒斃在家的主人，嗯，你儘管吃吧。

原來貓不是那麼冷漠，只是牠懂得分辨你是真傷還是做戲，就如分手不能亂說一樣。

好幾次，我一個人在床上哭起來，明明貓在廳躺著，牠竟然跑過來，跳到床上走到我身旁，不停來來回回，用頭撞我的身體，那時候我知道牠在安慰我，我摸著牠說，我沒事你不用擔心。貓陪了我一會才離開。

但只有一向溫馴的啡貓關心我，另外一隻黑白貓還在廳外跑來跑去自己玩，明明我平日那麼疼錫牠。

在你難過的時候，無法勉強對方能夠像啡貓般立即懂你，溫柔地安慰。我不會怪責黑白貓的冷淡，因為傷心是個人又切身的感受。即使經歷同一件事，各人對傷心的闡釋都大為不同。有些人對情感本來就不敏銳，但不代表他不關心你。

最明白你傷痛的人，最多只能比喻為一本外文書的最佳翻譯本，無論形容得多精準，始終都不是原文。

有個人主動跟你問好，他問 OK 嗎，你答 OK，這種程度就夠了。

當貓開始老了

貓老去你會不捨，但感情老了，你會放棄嗎？

貓在大約七至十歲開始老化，免疫力下降，容易患病。

曾經情深望著你的眼睛會視力減弱，會撞倒東西；聽覺靈敏的耳朵開始聽不到你在叫牠；經常躺著再不嚷著要你陪玩⋯⋯等等徵兆。

轉眼由幼貓長大成高齡貓，曾經捧在手心上，活躍的小身軀變得不願動了，人便要為老貓改變照顧方式，佈置更適合活動的居住環境。

跟貓待在一起的生活轉變了，需要更多耐性與心思，但你從不嫌棄牠麻煩，仍像第一天遇見牠，摸著牠的頭說：「放心，我一定會

好好照顧你。」

貓一直在成長，也愈來愈懂你的愛。牠知道自己虛弱了，所以在餵藥時也乖一點，多待在你身邊聆聽你的心事。

無論是你還是貓，都更珍惜餘下的時光。

人的感情都會變老，不是指身體上大家都轉眼八十歲，而是不經不覺，感情衰退了。

有些情侶一年就老、有些十年、二十年，所以重點不在時間，就如新陳代謝減慢，那是自然的過程，並不是有人做錯了甚麼。

當發現感情衰弱了，我們會改變相處方式、對待大家的態度，試圖留多一些珍貴時光，還是放任由感情死去？

習慣一個人面對傷心，

你就會堅強到不再怕傷心。

被遺棄不是你的錯

每次去照顧被遺棄的貓，我都更加明白 ——
"All animals are equal but some animals are more equal than others."
「所有動物一律平等，但有些動物比其他動物更平等。」

第一次踏進住著十多隻被遺棄的貓的房間，腦海只有一個想法：「你們都很可愛，全部都值得被愛。」我聽著牠們歡迎我的到訪而叫著，深吸口氣，同時又嘆氣。

明明他們跟所有家貓一樣可愛。

有些是兩姐弟靠在一起，畫面治癒，有些因為對人失去信任而戰戰競競，有些體型較大的，像已經明白這個世界怎樣運作而豁然地望著我。

每次到訪的過程都如日常照顧貓般，換貓砂餵糧水陪玩，只是壓

縮在一段時間，一次過照料十多隻，以及不同的貓會吃不同的糧，或是生病了要隔離。

最後有時間就可以陪玩，乖巧的可以出籠。還未能夠跟人相處的，則隔著籠子用玩具跟牠培養感情。

當時的我，處於失戀狀況，於是矯情地站在牠們面前上演內心戲：「我明白你們呀，我也是被遺棄的一個，就讓我們相依為命吧。」

可是牠們亦像家貓般聆聽及安慰著我：「你也不要太傷心吧，雖然我們都渴望將來有個家，但現在就活躍地跑著跳著，乖乖梳毛吃肉泥，等待更好的日子，可是現在被這麼多人悉心照顧，可能比家貓更幸福呢，哈哈。」「雖然曾經很傷心，但我們知道，被遺棄不是我們不夠好，你也一樣，不要怪責自己了吧，還在矯情甚麼，快點給我零食……」

貓咕嚕咕嚕著，證明給我看，牠仍然感受到愛。

牠們會陸陸續續被新主人接走，這是不捨而又高興的過程，但沒有人會想牠們在這間房內長留，經歷完傷痛，重拾了愛，便迎接外面的新開始吧。

牠們的新主人也應該很幸福，收養了一隻更加明白愛很難得的貓。

貓生短暫

謝謝曾在生命與你相遇。

每次一想起貓有一日會離開我，又或在網絡上看到寵物跟主人道別的最後畫面，心就會刺痛，眼眶紅起來，忍不住流淚，立即去抱起貓：「你不要那麼快離開我呀⋯⋯請每天乖乖喝水好嗎？」

單是想像已經心痛，因為我們都知道貓生短暫，貓的身影終會在我們眼前消逝，是非常具體又真實的畫面。

而人與人之間，或許覺得死亡太遠，總覺得還有很多時間，於是道別都留待最後一面。

我也以為自己能夠陪貓到最後，想過在牠老去時帶牠去哪裡

探索，要怎麼照顧牠，最後一面該怎麼道別，牠又會以甚麼姿態留在我的心裡。

結果，屬於我們的時光提前了很多，提早了太多…… 我只有半晚的分秒，來告訴牠以後都沒法再見面。

我：「少了我在你的身邊，你也要健康成長。」
貓：「少了我在你的身邊，你才要好好照顧自己。」
我：「對不起，我沒想過突然要分開。」
貓：「嗯…… 」
我：「我以為還有好長時間，昨天沒有好好陪你玩。」
貓：「能夠跟你相遇已經夠了。」
我：「我是個稱職的主人嗎？」
貓：「不，你是我的朋友。」
我：「嗯…… 」
貓：「你還要不要摸摸我的頭？」
我：「謝謝你，我會用一生在心裡記住你。」

跟貓道別，讓我明白無論甚麼形式的相遇，所在乎的都是質量而不是時間。我們生來就是一場倒數。既然無法掌控時間，就不必再乎長久，也無法細分輕重，因為每一次見面都重要。

貓的身影存於我的心裡，我們之間不是主人與寵物，牠們是朋友、是家人、是情人。

我們永遠無法好好準備道別。

一天可以很漫長，一輩子可以很短暫。

相遇過，快樂過，也就夠了。

懷念那個養貓的我

每次戀愛都是獨特的自己，從前只會是陌生的你。

我無法忘記自己曾經養過貓，應該會是我人生五大重要的時光。

就算之後再養貓，但未來有貓的我，也不是從前養過貓的我。

並不是新貓不可愛，而是我變了，不是變好或變差，而是某個時候、某個地點、某個人生階段，也只會有當時的那個我。

時常會懷念從前天真的自己，或許當時有太多不成熟的地方，愚笨地過日子，但那時候的我也有獨特的優點，例如當時不會問為甚麼，不會相信不可能，覺得自己可以一直被擁抱。

即使將來你學懂堅強，也可以懷念軟弱，是誰說過堅強一定最好。

我們擁有愈多，代表將來失去的亦愈多。

沒有愛過，不會失戀；沒有養貓，就不用道別。

我們會傷心，但我們不會後悔，並不是過往沒有做錯，而是在廣闊的世界裡，渺小的我們，渺小的腦袋，只能盛載渺小的幸福。

多沉重的傷痛，多不捨的人，多珍貴的回憶，最後不過是一陣風、一場大雨、一滴眼淚、一個微笑。

貓生短暫，但不負人間。

在無數個千思萬緒的深夜，等待日出之前，

睡不著的我躺在床上，想像貓在身邊，

為我留下一句説話：

「有肉泥還是要笑著吃。」

貓留給人類の備忘

每個人心底都渴望被愛

即使高傲如貓，都會表達愛意。
愛人之時，亦是被愛之時。
因為人始終有無法自愛的地方，
就由情人去愛吧。
而愛的其中一面，是潛進對方的內心，
找到最脆弱的模樣，願意悉心呵護。

貓只會做自己

貓不一定喜歡世界，但一定以自己喜歡的模樣生存。
貓也很清楚自己喜歡甚麼，不愛就不愛，忠於自己選擇。
一個真正愛貓的人，無論貓是甚麼性格甚麼品種，
他都會找到喜歡的特質。貓的可愛之處在於牠是貓。
如果你要偽裝出對方喜歡的模樣，
你就不再是你，而對方始終會厭倦。
又或你是貓，而原來他根本不是個愛貓之人。

愛貓的你要懂專一

為甚麼我們不會移情別戀其他貓？
無論街外那一隻多可愛，
你都只會想念家裡的主子？
因為別人的貓是一時三刻的親你，
但你的貓總在你身邊守候你。
以你們習慣的方式互相愛著。
而你在貓的眼中，是獨一無二地存在。

🐾 像貓一樣自帶香氣

無論處於有多惡劣的環境，都要保存潔白的盼望。
就如滿身泥濘、傷痕累累的流浪貓，
在街頭巷尾都要舔身洗臉，繼續努力地生存。
當別人目睹你的白，你對自己的重視，
就不敢隨便踐踏你，只會珍而重之。

🐾 讓美麗真正屬於自己

一個人的內涵、修養及性格無法被時間奪走。
奢華的優越感、物質的滿足、
外在的漂亮都會在某天過時。
那時候便會發現，沒真正擁有過甚麼。
唯獨投資在自己的內心、經歷及記憶，
你就能永遠保持那份一直閃閃發亮的獨有美麗。

虛情假意的人離開了也不可惜

人愈大總會面對別人的疏離。
能夠自然維繫的感情，不用多說亦不必刻意。
貓最懂避開苦痛，我們也別再沉溺傷害自己的人。
真正疼錫你的人，會鍥而不捨愛你。
而傷害你的人，只會一次又一次令你心碎。
要記著，愛貓的人由第一刻就會愛，
直到最後，承諾一輩子都不變。

適當地表現自信及接受讚美

別忘了自己有被讚賞的權利。
貓為了被寵而存在，我們來到世上都要學懂笑。
接受別人善意的關心、勇於爭取被賞識的機會，
被愛時就接納對方的付出。
當你摸貓時，貓不會謙虛說自己不值得，
而是紆尊降貴般叫你若不珍惜就會錯過。

🐾 沒有快樂就沒有意義

我們無法像貓一樣睡醒就享受貓生，
但至少別停止追尋令自己快樂的事。

世界叫我們用生命換取車匙與屋匙，
在傷心的時候被觸動只因一句歌詞。

如果我們耗盡大半生只為安穩餘生，
卻無法確保最後一定能擁有快樂，
整段人生都變得毫無價值。
那時才後悔時間錯配已經太遲。

像貓一樣，每天有罐頭、有零食，跑跑跳跳。
將每日的小確幸儲起來，
就是一輩子的幸福。

要相信自己能夠變好

貓不會因為被遺棄就放棄自己，
牠們依然可愛，依然值得被愛，
默默地從悲傷回復過來，等待更好的生活。

我們無法避免遺憾的事情發生，
如果一直停留在過去的傷痛，
就無法見到走出陰霾後的美好。

不是要相信世界再不會辜負你，
而是當你選擇善良地活下去，
你的溫暖最終會治癒自己。

🐾 學會感謝每一場相遇

人來人往，緣起緣滅。

貓來到世上與人相遇，
是要讓人類學懂愛，
無論是愛自己還是愛別人。

而當貓離開世界，
是要教我們學懂珍惜與離別。

貓畢業了，不痛了，
走到彩虹橋上回望著你：

當你想念我時即管流淚，

但哭過以後記得要笑，

因為能夠在地球遇上你，

日子雖然短暫卻很快樂。

我也想念你。

後記

珍惜每道貓疤痕

到底這是一本關於愛情、關於貓，還是關於人生的書？我始終無法分類。

因為寫著寫著覺得，這不是一本道理書，也不是想將我的價值觀或思想套在別人身上。書中的這些字，我只希望有那麼一句能夠喚起你的情感，我就覺得有價值了。

個人而言，我一向怕忘記所以寫下。無論我多麼想念貓，都發現某些片段，當時的感覺都在逐漸消逝，而我是多麼的不捨。

我的貓很喜歡咬我，當時忍著痛由牠咬由牠抓，手上滿是貓留下

的疤痕。養貓的人之間，除了衣物上的貓毛，就憑著這些貓印記來相認，交換一個微笑。

如今那些疤痕已褪色，外人不會看到了，只有我自己知道在那處曾經有一道疤，仔細用心看，還是見到淺淡地存在。慶幸當初被貓咬過，為我的回憶留下證據。

我很大機會不會再養貓了，有時間我希望繼續去照顧那些被遺棄的貓，當一個短暫的貓奴。因為我覺得若然能夠把時間分配給更多的貓，讓一隻又一隻貓感受到人類的愛，比起再經歷寵愛一隻家貓，似乎更有意義。

我愛貓，但不必擁有貓。

或許這想法呼應了我收筆這刻的愛情觀——
我知道愛情美好，但不必擁有愛情。

不過世事難料，可能我在某一天，又有愛情又有貓呢

猫系愛情

作　者：　莎比亞
責任編輯：　書娜
美術總監：　Tuen 團
封面插畫：　謝曬皮 tsesaipei
出版人：　李焯泓

facebook：　https://www.facebook.com/Shakepearelove
Instagram：　sapeiar
電子郵箱：　shakepearewriting@gmail.com

版　次：　二〇二三年七月初版
ISBN：　978-988-76457-8-8
承　印：　新世紀印刷實業有限公司